# MILLE MILLIARDS DE PIRATES !

de Gérard Moncomble
illustré par Frédéric Pillot

W0374149

*Gare aux barbares !*
*G. M.*

*À Saint-Malo.*
*F. P.*

# Chapitre 1

L'auberge de maître Plum était la plus épouvantable des gargotes de Porto-Costo.

Elle empestait le poisson pourri, la tripe de porc, l'huile d'anchois. On y mangeait la pire des ragougnasses, on y buvait la plus infecte des bières.

Pourtant elle était toujours bourrée de clients, qui s'y goinfraient et s'y saoulaient. Et pas n'importe qui : des crapules, des féroces, des brutes épaisses. En un mot : des pirates !

Ce jour-là, on faisait cercle autour d'un ogre coiffé d'un bicorne jaune, bandeau noir sur l'œil gauche, qui parlait haut et fort.

– Deux coups de sabre, garçons, deux ! L'un pour lui trancher le col, l'autre pour le clouer au sol !
Il cogna un poing énorme sur la table.
– Voilà comment j'ai vaincu le grand Roukoum-le-Barje, moi, Jack Pille-Soute, capitaine du *Barbare* !
– Et après ? hurla quelqu'un.
– Après ? J'ai bu son rhum, fumé ses pipes et dormi dans son lit.
– Tu es bien le roi de la côte, Pille-Soute ! gloussa un pirate.
Derrière lui, il y eut soudain un gros rire. Tout le monde se retourna vers l'entrée, où venait d'apparaître un grand escogriffe vêtu de sombre, bandeau noir sur l'œil droit. Suivi d'une dizaine de canailles, il alla se planter devant Pille-Soute.
– Il n'y a qu'un roi, c'est moi. Tes exploits à la noix n'amusent que toi !
– Toi, un roi ? rugit l'autre. Je ne vois qu'une grande asperge à face d'endive !
– Et moi une grosse baleine boursouflée !

Pille-Soute empoigna son sabre.
– Dis-moi ton nom, l'asperge, que je sache qui je vais découper en rondelles !
– Je suis Robert Braque-Poupe, capitaine du *Sinistre* !
Et il fourra deux pistolets dans les narines de Pille-Soute.
– Avant de t'exploser les trous de nez, je vais te raconter comment j'ai vaincu la flotte du Grand Turc à moi tout seul.
Ce qu'il fit sur-le-champ, dans les moindres détails.

Autour de lui, les dix canailles hurlaient de rire. Les autres, non.
– Tu as fini, barbeau ? grogna Pille-Soute.
Il leva lentement son sabre, tandis que l'escogriffe titillait la gâchette de ses pistolets. Chacun sortait une arme. Ça sentait le carnage à dix lieues.
Le patron de l'auberge s'interposa.

– Paix, bande d’assassins, paix ! Vous n’allez pas vous massacrer chez moi ! Paix, vous dis-je !

On rengaina lame et pistolets. Il faut dire que maître Plum, malgré son abominable cuisine, était fort écouté et respecté.

– Je connais Pille-Soute, dit-il. Il est fourbe, brutal, cruel, sanguinaire. C’est un pirate extraordinaire.

Pille-Soute bomba le torse et toisa son adversaire.



Maître Plum s’empressa d’ajouter :

– D'un autre côté, Braque-Poupe est menteur, cupide, féroce, impitoyable. C'est un pirate formidable.

Un sourire éclaira la face jaunâtre de Braque-Poupe.

– Reste à désigner qui de vous deux sera le roi des écumeurs des mers, poursuivit maître Plum. Et sans vous étriper, s'il vous plaît ! Messieurs, je vous propose une partie de coque-carambouille.

# Chapitre 2



Coque-carambouille ! Cornebouc ! Ah ! la belle idée que celle-là ! La côte et le large allaient résonner d'une sacrée rigolade !

La règle était simple : les concurrents devaient capturer le plus de bateaux possible, bourrés d'or de préférence, et les ramener à Porto-Costo. La partie débutait à l'aube et s'achevait avec le coucher du soleil.

– Je vais te ridiculiser, l'asperge ! hurla Pille-Soute.

– Tu vas être humilié, la baleine ! grinça Braque-Poupe.

Ils se jetèrent à la tête un tas d'insultes effroyables, ce qui était autorisé par le règlement, puis tout le monde alla fourbir poignards, sabres, pistolets et canons.

Le lendemain, à l'heure dite, chacun était fin prêt. Pille-Soute et son équipage de fripouilles sur *Le Barbare.* Braque-Poupe et sa troupe de canailles sur *Le Sinistre.*

Maître Plum donna le signal du départ.

Les deux bricks prirent le large, toutes voiles dehors. C'était parti pour une coque-carambouille d'enfer ! On allait éperonner, accoster, monter à l'abordage, sabrer, trancher, piller, capturer, bâillonner, ficeler à tour de bras ! Ventrebouc, quel régal !

Mais les bateaux eurent beau sillonner la mer en tous sens, ils ne rencontrèrent pas le moindre galion. Ni la plus petite coquille de noix. À l'est comme à l'ouest, au nord comme au sud.

– Vois-tu une voile ? braillait Braque-Poupe sur *Le Sinistre.*

– Tu dors, là-haut ? hurlait Pille-Soute sur *Le Barbare.*

– Rien à l'horizon ! répondaient les vigies dans les hunes.

Et même rien de rien. Il faut avouer qu'une partie de coque-carambouille entre deux forbans pareils avait de quoi épouvanter son monde. La nouvelle avait circulé plus vite qu'une risée, et pffouiiit ! la mer s'était vidée de tous ses occupants.

Au crépuscule, Braque-Poupe et Pille-Soute rentrèrent donc bredouilles des pieds à la tête.
– Ni vainqueur, ni vaincu ! dit maître Plum.
– C'est ce qu'on va voir ! rugirent Pille-Soute et Braque-Poupe en se ruant l'un sur l'autre, sabre et pistolets au poing.
Maître Plum les arrêta d'un mot.
– Paix ! couina-t-il. Que diriez-vous d'une partie de trousse-trésor, messieurs ?
L'œil unique de Pille-Soute et celui de Braque-Poupe s'allumèrent. Trousse-trésor ! Par le Grand Cric-Croc, voilà une belle idée !
La chose consistait à ramener le plus gros trésor enterré dans une des mille et une îles de la région. Il suffisait de s'armer de pelles et de pioches, et de patience.
– Je dénicherai des monceaux d'or ! rugit Pille-Soute.
– Je ramènerai des magots à gogo ! glapit Braque-Poupe.
Tous deux s'injurièrent à qui mieux mieux puis s'embarquèrent illico. Mille et une îles à fouiller, ce n'était pas du gâteau.

# Chapitre 3

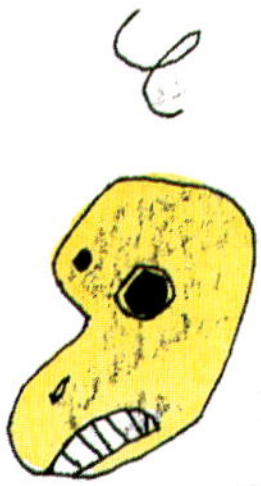

Des coups de pioches et de pelles, il y en eut. Dans les deux camps, on creusa à tire-larigot. Au moindre tintement de métal, on se précipitait pour extraire le coffre rempli d'or. Et l'on découvrait un vieux chaudron, un crâne de coyote ou une galoche.

Mais de coffre, point. Ni d'or.

Il faut croire que d'autres avaient depuis longtemps ratissé les mille et une îles des environs, car on ne trouva pas le quart d'un écu. Cette partie de trousse-trésor tournait à la franche déconfiture.

Les deux bricks revinrent à Porto-Costo cales vides et drapeau en berne. Tout le monde descendit sur le quai la rage au cœur. Braque-Poupe et Pille-Soute ne décoléraient pas. Aussi, lorsque maître Plum déclara qu'il n'y avait ni vainqueur, ni vaincu, ils lui rirent au nez. Finie, la guerre en dentelle ! Ils allaient s'affronter en mer, d'homme à homme : pas de quartier, et le bateau du battu envoyé par le fond ! N'en déplaise à maître Plum.

– Numérote tes bajoues, la baleine ! siffla Braque-Poupe.

– Compte tes abattis, l'asperge ! gronda Pille-Soute.

Les deux pirates s'élancèrent à bord de leur brick respectif, en hurlant à leurs hommes :

– Suivez-moi, braves compagnons !

Les braves compagnons regardèrent ostensiblement d'un autre côté en sifflotant ou en se frisottant la moustache.

– Vous êtes sourds ? couinèrent les deux capitaines.

Ça en avait tout l'air, car personne ne broncha d'un poil. Se faire trouer la panse pour cette paire d'épouvantails, non, merci. Chacun se trouva une course à faire, ou un vieil oncle à visiter.

– Revenez, mous-du-bras ! Pétochons ! bramait Braque-Poupe.

– Ici ! Tout de suite ! Bande de grelottins ! tonnait Pille-Soute.
En un clin d'œil, le quai se vida de sa cargaison de canailles et de fripouilles. Maître Plum s'amusait fort.
– Vos équipages sont sages, gloussa-t-il, plein d'espoir.

# Chapitre 4

Sans équipage, pas question de hisser les voiles et de gagner le large. Les deux forbans s'affrontèrent donc sur place.
D'abord, ils se lancèrent à la tête une flopée de bouteilles, de flacons, d'écuelles. Comme tout tombait à l'eau, ils se mirent à se tirer dessus à coups de pistolets, puis de mousquets. De la gnognotte, comparé à ce qui allait suivre.
À commencer par les tampons d'étoupe enflammés qu'ils s'envoyèrent à la pelle. Trinquette, tourmentin, misaine et compagnie, toutes les voiles s'embrasèrent en un rien de temps. Mais ils ne s'arrêtèrent pas là.

Le premier coup de canon fut tiré du *Barbare*. Pille-Soute visa un peu haut, et le boulet passa au-dessus du *Sinistre*. Braque-Poupe riposta d'un tir qui frisa le bastingage de son adversaire.

– Je vais te farcir de fonte, l'asperge ! hurla Pille-Soute en allumant trois mèches d'un coup.
Et l'autre de répliquer d'une salve nourrie.
Et le premier de recommencer. Et le second de continuer. Et ainsi de suite.
Inutile de dire que les deux bricks coulèrent en un clin d'œil. Chacun sauta dans une chaloupe.
C'était partie remise une fois de plus.

Alors ils lancèrent furieusement leurs chaloupes l'une contre l'autre, aux cris de « À l'abordage, Jack ! » ou de « Pas de quartier, Robert ! » Les canots, éventrés, s'emplirent d'eau. Les deux scélérats ne s'en aperçurent même pas.

Comme ils n'avaient plus d'armes, c'est à coups d'aviron qu'ils se battirent. Les ayant fracassés, c'est à coups de poing qu'ils continuèrent, à coups de tête, de pied, de dents, d'ongles ! Lorsque les chaloupes sombrèrent, Braque-Poupe et Pille-Soute tombèrent à la mer, agrippés l'un à l'autre, toujours cognant, toujours mordant, toujours griffant !

S'ils cessèrent la lutte, c'est à cause de leurs quatre poumons, qui se gorgeaient d'eau salée. Ils se hissèrent donc sur le quai, à bout de forces. Leurs habits étaient en haillons, ils étaient couverts de plaies et de bosses.

– Ni vainqueur, ni vaincu ! dit maître Plum, qui s'apprêtait à déclarer le match nul.

C'était mal connaître les deux crapules. Affalés sur le quai, ils bataillaient encore.

– Je t'écaillerai, la baleine ! haletait Braque-Poupe.
– Je te pèlerai, l'asperge ! balbutiait Pille-Soute.
Maître Plum soupira. Ces gredins étaient plus têtus qu'un troupeau de mules. Il inventa sur-le-champ un quatrième défi.
– Soit, messieurs, dit-il. Je vous propose une partie de croque-ragougnasse !

# Chapitre 5

Croque-ragougnasse ? Par la Grosse Méduse verte, quelle était donc cette nouvelle épreuve ? Braque-Poupe et Pille-Soute trottinèrent jusqu'à l'auberge, où maître Plum les fit asseoir à une table. Il ordonna qu'on leur apportât écuelle et cuillère.

Puis il fila dans sa cuisine préparer la plus infâme des ragougnasses : deux vieux harengs puants marinés au pipi de loup de mer. Beurkh !

– Bon appétit, messieurs ! trompeta le gargotier en servant une grosse louche dans chaque écuelle.

Nous y voilà ! Le jeu de croque-ragougnasse consistait à avaler le plus possible de cette

immonde tambouille. Par les entrailles du Grand Bouc ! l'un des deux vauriens craquerait ! C'était obligatoire !
Mais Pille-Soute et Braque-Poupe étaient des clients peu ordinaires. Ils avalèrent d'un trait leur première écuelle et en réclamèrent une autre. Puis une autre. Puis une autre encore.
– Quel fumet ! s'extasiait l'un.
– Quel bouquet ! renchérissait l'autre.
En un tournemain la marmite fut nettoyée, le fond torché à grands coups de croûtons.

Chacun des deux forbans en avait avalé l'exacte moitié, et tout était à recommencer.
Maître Plum se demandait ce qu'il allait bien pouvoir inventer pour ces deux vilains poulpes.
Mais derrière la table, les pirates étaient en train de changer de couleur. Jaune pour Braque-Poupe, vert pour Pille-Soute.
La ragougnasse ne passait pas.
Les deux pendards devinrent mous comme des chiques, se mirent à grelotter de froid, de chaud, à baver, à faire des bulles.

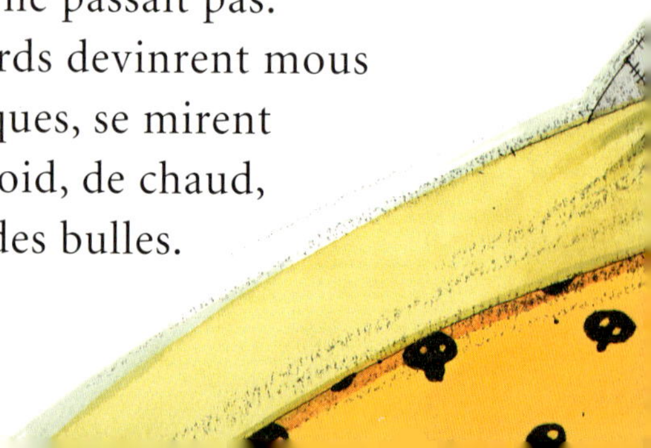

Puis, dans un bel ensemble, ils tournèrent de l'œil et s'effondrèrent sous leur banc.
– Ni vainqueur, ni vaincu, soupira maître Plum avec soulagement.
Braque-Poupe et Pille-Soute n'étaient plus que l'ombre des pirates fourbes, brutaux, cruels, sanguinaires, menteurs, cupides, féroces et impitoyables qu'ils avaient été. Braque-Poupe et Pille-Soute n'étaient plus que deux pauvres bougres, et malades par-dessus le marché. Le ventre leur gargouilla un mois.

Maître Plum, qui était un brave homme, les nourrit de soupe claire au vermicelle. Puis, les voyant désœuvrés, il leur donna du travail de marmiton. Braque-Poupe et Pille-Soute manièrent bientôt l'écumoire avec adresse. Chacun tentant d'écumer mieux et plus que l'autre.

– Je remplirai d'écume la baie de Porto-Costo ! grognait Jack Pille-Soute.

– J'amasserai plus d'écume que toutes les mers du Sud ! marmonnait Robert Braque-Poupe. Et ils écumaient ! Ils écumaient comme quatre ! Par le Grand Cric-Croc ! C'est qu'un titre de roi des écumeurs de court-bouillon est toujours bon à prendre !

Loi 49.956 du 16.07.1949
Dépôt légal : 1er trimestre 2002
ISBN : 2-7459-0512-0
Imprimé en France par Fournié